KB178475

푸른사상
시선
120

을의 소심함에
대한 옹호

김민휴 시집

푸른사상
PRUNSASANG

푸른사상 시선 120

을(乙)의 소심함에 대한 옹호

인쇄 · 2020년 3월 8일 | 발행 · 2020년 3월 13일

지은이 · 김민휴
펴낸이 · 한봉숙
펴낸곳 · 푸른사상사

주간 · 맹문재 | 편집 · 지순이, 김수란 | 마케팅 · 김두천
등록 · 1999년 7월 8일 제2-2876호
주소 · 경기도 파주시 회동길 337-16(서패동 470-6) 푸른사상사
대표전화 · 031) 955-9111(2) | 팩시밀리 · 031) 955-9114
이메일 · prun21c@hanmail.net /prunsasang@naver.com
홈페이지 · http://www.prun21c.com

ⓒ 김민휴, 2020

ISBN 979-11-308-1569-5   03810
값 9,000원

푸른사상 시선 120

을(乙)의 소심함에 대한 옹호

너희들은 세상에 나가서 그해 내 아버지가 생 해우를 손으로 뚝뚝 자르듯이, 네 조각으로 잘라 작은 구멍으로 바다가 보이는 측간 나무 기둥에 박힌 머리 없는 쇠못에 꾹 눌러 꽂아놓아 우리 식구 모두가 요긴하게 나눠 쓴 내 국민학교 1학년 책들처럼 귀하게 쓰이기를. 그리고 그립고 그립기를.

2020년 2월
김민휴

제2부 시를 쓴 달

제3부 꽃과 등에

제4부 홀로 눕기

제5부 별이 빛나는 밤

제1부

초록 도토리

몽돌밭에서

아침 바다가 돌을 다듬고 있다
단단한 돌들의 모서리 다듬어 글자 새기고 있다
큰 돌, 작은 돌, 모든 돌의 몸에
또렷한 글자들, 둥글게 둥글게

산책길에서 줍다

봐라, 네가 산길 걸으며
도토리 한 알 그 자리에 두면
너의 마음에는
이 가을의 풍요로운 평화
발끝까지 털끝까지 번지겠지만,
그 한 톨의 도토리 주우면
너는 한 개 더 줍고, 또 한 개 줍고
또, 또
한 개를 위해 풀섶 뒤지게 되고,
네 눈에는 심짓불 켜질 거다
도토리 한 가마로도
주머닌 채워지지 않을 거다

물아래 숲으로

내가 너무 버거운 무렵 숲 찾는다
헐렁한 바람과 함께 나무들 사이 걷다가
비탈진 언덕, 발등 삐져나온 참나무에 기대앉아
덕지덕지 붙은 화, 우울, 욕망, 상실 늘어놓으면
눈 맞대어주는 벽오동나무
큰 귀들 죄다 기울여주는 떡갈나무, 포근하다
팽나무 할메 벌써 내 우울 약손으로 문질러준다

소사나무, 팽나무, 벽오동나무, 떡갈나무에게
원동 할아부지, 안토골 당숙모, 가운데 집 큰아부지,
종가 큰방 윗목 천장 밑에 걸린 사진 속 참봉 할아부지……
굴피나무, 오리나무, 쉬땅나무, 때죽나무에게
우선, 명남, 성근, 천식, 순자, 태순, 길자, 길숙……
물아래 마을 어른들, 동무들 이름 하나씩 주고
숲의 이름도 지어 가만히 불러본다
어슬렁어슬렁, 느릿느릿, 두근두근 숲

나무 지팡이

산에 들며 마른 나뭇가지로
야윈 지팡이 하나 만든다
누구나 처음엔 서로 낯선 것이지
처음 만난 지팡이와 내가 함께 걷는다
동행하면 어느새 살가워지지
나는 터벅터벅 걷다가
지팡이 옆구리 쿡쿡 찌르며 말 붙인다
마부 이오나 뽀따뽀프처럼
여보게, 그러니까 내 근심은 말일세,
나는 지팡이에게 아내 얘기도 하고
딸 얘기도 하고, 쓰다 둔 시 얘기도 하고
가끔씩 말벗을 해주는
동네 호프집 여자 얘기도 한다
말 잘 들어주는 친구가 젤이라 했지?
나는 심중의 말 내놓고, 지팡이는 말없이 듣는다
나는 두 발로 지팡이는 외발로 걷는다
단골 산봉우리에 들러
잠시 허기 달래는 사이

지팡이는 바위에 등 대고 누워 창공을 본다

아슴하고 적막하다

지팡이와 다시 산길 걷는다

오르막길 손잡아 끌어주더니

더듬거리며 내리막길 앞장서준다

내 나이 슬쩍 걱정인 모양이다

상담자

새들이 돌아오는 숲길,
석양의 깃털 수북이 쌓인다
숲의 정령 삼종기도의 손 모은다
어둠이 번져 형상들의 틈에 스밀 때까지
숲과 나는 이런저런 이야기 주고받는다
나무와 풀과 작은 꽃과 새와 곤충
향기와 소리와 빛과 어둠 나를 누인다

숲의 시간 부풀어 만월을 낳고 있다
두근두근 어슬렁어슬렁 느릿느릿 걸음으로
황혼빛 달빛 섞인 나무 사이 배회하다
숲 향기 흠뻑 묻혀 집으로 돌아온다
한동안 나는 나무의 언어로 꿈꾼다
시간에서 숲 냄새 난다

풀

풀잎을 밟는다
풀잎들이 구겨진다
초록 얼굴 긁힌다
안쓰럽다
신발 벗어 들고
풀잎을 밟는다
풀밭 위를 걷는다
풀잎들이 손가락질한다
양말을 벗는다
살금살금 걷는다
까르르 까르르
풀잎들이 허리를 비튼다
맨발이 간지럽다
조심조심 걷는다
풀잎들이 진저리친다
풀밭 위에 몸을 놓는다,
볼을 부빈다
가쁜 숨 섞인다
송글송글
초록 땀 번진다

여여(如如)

(꽃은 화장을 한 적 없지요
꽃은 미인대회 한 번 한 적 없지요
꽃은 일등을 뽑은 적 없지요
꽃은 일제고사 한 번 본 적이 없지요

꽃은 교과서를 만든 적 없어요
어린 꽃들을 가르친 적 없어요
꽃은 미학 공부한 적 없고
철학 공부한 적도 없어요
꽃은 도덕책 한 쪽 배운 적이 없어요

꽃은 잘살겠다고 서울로 간 적도
못살겠다고 서울을 떠난 적도 없지요

꽃은 한 번도
성부와 성자와 성령의 이름으로
기도한 적 없어요
자기 교회에 나오라고

일요일 아침 들볶은 적 없지요)

꽃은 그냥 피어요, 그냥 시들어요
꽃은 웃은 적도 없고 운 적도 없어요
꽃은 그냥 살아요
햇빛 한 조각 더 모아놓지도 않고
물 한 바가지 더 감춰놓지도 않아요
바람 한 봉지 숨겨놓지도 않아요

초록 도토리

신갈나무 도토리 무럭무럭 크고 있습니다
이 도토리 익어 떨어지면 가을이 와 있겠습니다
해님도, 바람도, 새소리도, 고추잠자리 나는 소리도
다 멈춘, 맑고 높고 아련한 가을날
깊은 산속 오솔길 도토리 떨어지는 소리
뚝, 부러지는 나뭇가지 소리만 못하지 않습니다
목련꽃 지고 나면 목련나무 보지 않는 사람
마음같이, 지금은 아무도
신갈나무 가지 사이에서 이렇게 초록 도토리들
무럭무럭 자라는 줄 모르는 모양이지만
가을날 산길에 도토리들 떨어지면
도토리묵 좋아하는 신랑 둔 늙은 신부도 줍고
아빠, 엄마 산책길 따라나선 도토리 한 알보다
쬐끔 더 큰 조막손도 양쪽 다 미어지고
허리 흰 처녀와 운동 나온 강아지도 입에 물고
다람쥐도 부지런히 주워 모아 곳간 채울 겁니다
세상엔 들여다보면 아직 누구의 눈길도 이르지 않은
깨알 같은 존재들 부지런히 살고 있습니다

봄 여름 가을 겨울

강이 길게 숨 내쉬고 있다
바다가 강의 숨 받아먹고 있다
바다가 수평선으로 숨 내쉬고 있다
구름이 바다의 숨 받아먹고 있다
구름이 산과 강에 숨 뿌려주고 있다
강과 산이 숨 받아먹고 있다

바다가 강의 숨 받아먹고
온갖 생명에게 젖 물린다
구름이 바다의 숨 받아먹고
어린 빗방울에게 젖 물린다
강이 구름의 숨 받아먹고
마른 대지에 꿀 같은 젖 물린다

비구름 눈구름이 숨 주고 있다
강이 밤낮없이 숨 주고 있다
바다가 들물 날물 없이 숨 주고 있다
봄, 여름, 가을, 겨울이
젖 물려 사람에게 숨 먹이고 있다

천태산 은행나무

천태산 영국사는 내가 찾아가지 않은 곳
내가 그냥 들른 곳
그곳 시인에게 가겠다고 약속하지 않은 곳
묵은 친구들 얼굴 한 번 보겠다고
부랴부랴 짐 챙겨 35번 고속국도 달리다가
뜬금없이 불쑥 들른 곳

천태산 은행나무, 연초록 손 일제히 흔들어
잘 왔다며 어서 오라 반기네
산감, 산밤, 오색 단풍 아쉽다며
산자고, 얼레지, 졸방제비꽃, 수놓은 땅바닥에
진달래, 산수유, 동백꽃, 산벚꽃
바람소리, 물소리, 새소리 버무린 산채비빔밥
한 상 가득 차려놓네

누군가를 예고 없이 찾아가면 무례인 세상
어디든 예약 없이 갔다간 얼간이가 되는 세상
뜬금없이 들른다는 것, 들러준다는 것,

서운하다는 것, 또 들르라는 것,

문득, 들르고 싶은 곳이 된다는 것

무단히 그립고 보고 싶은 사람 된다는 것

복잡한 학교

내 마음은 초록 보리밭
위 종달새
그 위 뭉게구름
때 없는 소용돌이
막무가내
울 엄니 저승 가신 가을날
그해 푸른 하늘 내내
어린 옛집 해질 무렵
마루 밑 검은 고양이 눈빛
빨간 두드러기 꽃
영영 딸꾹 딸꾹
목에 걸린 붕어 가시
내가 졸업 못 하는 학교

찔레꽃 병원

은적사 가는 길 골짜기는 찔레꽃 병원, 오늘 홀로 병원에
들러 찔레꽃 향기 링거주사 한 대 맞고, 병원 내 찔레꽃 물
리치료실에서 걷기 두 시간 하고, 처방전 받아온다

> 오늘 먹을 약
>
> 하루, 산책 한 시간 남짓
> 고마워하기 십여 분,
> 미안해하기 이십여 분,
> 그리워하기 문득,
> 홀로 외롭기 세 시간가량!

제2부

시를 쓴 달

저녁 어스름에

사랑한다 고백하는 입술만큼

아름답게 떨리는 꽃잎, 세상에 또 없다

사랑하지 못한 하루보다 불행한 날 없다

사랑받지 못한 해 질 무렵만큼 슬픈 순간 없다

세상의 날들 하루하루가

사랑을 잃은 뒤 다가오는

힘들고 상한 계절의 시간일지라도

사랑을 해야 가슴 뻐근해지는 것이니

사랑을 해야 온몸의 세포와

뼈마디 곤두서는 것이니

온 정신의 피톨 불콰하게

살아 아우성하는 것이니

온 찰나가 비로소 벅차오르는 것이니

심장에 땀이 고이도록 펄펄 끓는 사랑을 하리

사랑한다는 말 하지 못하는 입술만큼

큰 거짓말 세상에 또 없다

열예닐곱

그 애가 걸어 나왔네

아카시아 꽃 냄새 밀치며

언덕배기 풀밭 위

그 애와 나 나란히 앉아

가위 바위 보
가위 바위 보

아카시아 초록 잎 하나씩 따냈네

하늘인 듯
하늘인 듯

아스라한 가지 끝에서는

솔새 두 마리 분주하게 연애하고

우린 서로 기대어

얼굴 들여다보다

눈 꼭 감았네

아카시아 꽃 냄새 속으로

그 애가 걸어 들어갔네

그 길

내 생에 딱 한 번
나 말고는 쥐도 새도 모르는
숨긴 사랑 있게 된다면
아무도 몰래
그 사람과 함께 걷고 싶다
거문도 등대 가는 길

뜨겁고 무거워
목 넘길 때마다 아픈 내 생

아껴두었던 내 하루 헐어
함께 모두 써버리고 싶은 그런
사랑 있게 된다면
목넘어길 손잡고 건너
동백숲 속 함께 걷고 싶다
거문도 등대 가는 길

바람의 언덕

켜켜이 층층이
세월 놓아
억 년 또 억 년
바람의 입, 바람의 귀
쌓여 지층 되었네
바람의 점판암

파란 물단풍
깊게 든 남쪽 바다
어린 십자성
뛰어놀던 곳

보랏빛 쑥부쟁이
흰 구절초
가까이 귀 대고
바람의 이야기 듣네
강아지풀
오요요 오요요

홀림

이것은 헛것이다
이것은 독한 홀림이다
아, 백도!

천상의 신들이
남해 수국 깊은 곳에
숨겨둔 별궁의 첨탑들

순례의 시간에게로
홀연히 나타났다 사라진
이것은 환영이다

이것은 마술이다
탄성과 박수 뒤에도
비밀이 풀리지 않는

너울과 파랑의
절벽에 세워진 이것은
마법의 성이다

숨긴 사랑

사랑한다는 말 부풀어
붙들고 있을 수 없는 풍선 될 때
사랑한다는 말 더는 홀로 둘 수 없어
퍼렇게 신열 끓을 때,
그 말 만지작거리며 가슴 떨릴 때
단어 한 개 꺼냈다 넣었다 할 때
문장 하나 헐었다 쌓았다 할 때,
사랑한다는 말 할 시간,
그 말, 해야 할 장소 고르고 고를 때
즐겁고 기쁘고 행복하게
사랑한다는 그 말
가뭇없이 숨길 곳 나는 찾아요
당신 듣지 못하도록, 보지 못하도록
찾지 못하도록 꼭꼭 숨겨요
마음 한구석에 몰래 섬 하나 두어요
당신 사랑한다는 말 색칠해진 그림
세상에 걸리는 순간부터
퇴색되고 상하게 될 테니까요
먼지 앉게 될 테니까요

네가 내게로 오는 밤

네가 내게로 오는 시간,
긴 길 끝 자꾸 잘라내느라 애쓰는 시간
자작나무같이 여윈 문장들 행간 걷는다
간직해두고 싶은 묘계(妙契)에 줄을 긋다가
혼자 소리 내어 어디쯤, 길 위에 있는 너에게
그 문장 읽어준다

음악을 올려놓고
엎어놓았던 책 다시 들어 책장 넘긴다
나는 책 읽고 너는 내 곁에 엎드려 누워
음악 들으며 두 발 거꾸로 세워
뒤꿈치 톡톡 두드리는
즐거운 상상을 한다

어디쯤 오고 있을까, 나는
글과 음악, 그 자리에 가만히 놓아두고
주방에 나가 양은냄비에 물 담아
가스레인지에 올린다, 딸깍딸깍

파란 불 피워 커피 물 끓인다

행주로 양은냄비 손잡이 잡고
끓는 물 잔에 부어 커피를 한 잔 타는 동안
나는 혼자서 즐거운 전래 놀이 한다
어디만큼 왔니, (당당 멀었다)

신성한 시간

새벽 세 시에서 네 시 사이, 늘
검푸른 시간의 밭 갈라지지
새벽 세 시에서 네 시 사이의 균열이
나를 깨워 동그마니 어둠에 앉혀놓으면
공백이 된 내 자화상 앞 거울은
두렵고 신성한 백지가 되지

아직은 별들의 품에 안겨 있어야 할
고요하고 텅 빈 시간의 밭
들릴 듯 말 듯 두드리는 이 누구신가
내 기도 안으로 들어와 등 뒤에서
우두커니 앉아 쩔쩔매는 나 안아주는
당신은 누구신가, 누구신가

세방 낙조

그래, 해가 분명히

갯물에 풍덩 빠졌다니까

거짓말 아니야

구름이 서녁 하늘에

불을 확 질렀다니까

그때, 갑자기

네 볼이 빨개졌다니까

너, 분명히 나하고

입 맞추고 싶었다니까

별꽃에게

사랑은 마음을 문대고 싶고
부비고 싶고 냄새 맡고 싶은 것

외로워 기쁘고 힘들어 즐거운,
아파서 행복한 사람, 너는

시를 쓴 달

몸통과 바퀴 하나는 어디로 굴러갔나
자전거 탄 주인은 어디로 내뺐나

돌이 된 언어 정으로 쪼아
쨍강 쨍강 푸른 돌 깨는 소리
흰 연기, 불꽃 튀는 더운 여자 하나 깎아내다

시인은 깜빡 잠이 들었네

잠든 시인 어깨 가만히 덮어주고
지렁이 울음소리 떼 지어 날아가는 서녘 하늘로
온몸이 시가 된 바퀴 하나 떠갔네

백만 년 먼 우주의 별들 내다보이는
시월 보름 밤하늘 고요해주었네

눈곱 시인, 마당가 서리 내린 무밭에 오줌 누다
시 그림자 한 개 주워 슬쩍 숨겼네

종일 은행잎이 내렸다

은행잎이 생각에 노란 물을 들인다
가을 가기 전에 맑은 날 잡아
이 숲길에 두텁게 깔린 석양의 은행잎
좋은 가을 물과 가을 하늘로 버무려
노란 은행잎 벽돌을 좀 찍어야겠다
5톤 트럭으로 대여섯 대 찍어둬야겠다

은행잎이 떨어지고 종일
가을비 내리는 날 아껴두었던
노란 우산 꺼내 쓰고 집 나서 숲길 걸으면
나는 도무지 현실적이지 않아
도무지 여기 같지 않아, 지금 같지 않아
아득하고 아련한 꿈 꾸지

월출산 옥판봉에 겨울 오고
백운동 별서 정원 모란체에 흰 눈 쌓이면
산다경 옆, 산 남쪽 푹한 곳에
때깔 고운 은행잎 벽돌 다독다독 쌓아

인절미 굽고 떡차 달이는 냄새 폴폴 나는

노란 벽돌집 한 채 지어야겠다

제3부

꽃과 등에

별지붕

― 송광암 체류기

공 세 시, 예불 소리에 깬
이슬 비켜 해우소에 다녀오다
한 줄기 산바람에 진저리치며 고개 든다

송광암 해우소 지붕은 별지붕
극락전 지붕도 별, 니우선원 지붕도 별
적대봉 천장도 별
남쪽 하늘은 별천지이다

몽글게 빗겨진 청운당 앞마당
당신이 앉았다 간 돌의자, 감꽃 같은
별빛 수북이 쌓여 있다

목간

— 송광암 체류기

산사 생활의 제일락(第一樂)은 목간이다

비탈진 참나무 숲길 내려가

석축 밑 목간실에 든다

훌훌 옷을 벗어제치고

찬물 퍼 정수리에 끼얹는 순간

약사여래의 찬 손길 번뇌의 불 꺼준다

몸과 마음이 유리알 같아진다

거미줄

— 송광암 체류기

송광암 해우소에 가서는 잽싸게
바짓가랑이 내리고 쪼그리고 앉아
몸을 공벌레처럼 둥그렇게 말아야 한다
깜깜한 우주선에서 가장 작은 부피로
임무 수행하듯
볼일 보아야 한다
그러지 않으면 거미줄에 걸려
밤하늘 허공에 대롱대롱 노숙하다가
송알송알 맺힌 이슬이 될지도 모른다

모기
— 송광암 체류기

송광암 해우소에 앉아 일 볼 때는
쉬지 않고 엉덩이 흔들어야 한다
절대로 중단해서는 안 된다
거시기가 풍당 떨어져버려
적대봉 신령님께 찾아달라 싹싹 빌게 되더라도
부지런히 부지런히 흔들어야 한다

손빨래

— 송광암 체류기

목간실에 들어가 땀 밴 옷 세탁한다
겨우 속옷 한 벌, 반바지 한 개 주물러 빨면서
헤아릴 수도 없이 손목 흔들다가 뿌리다가
주먹 쥐었다 폈다 하다가
무릎 주무르고 허리 두드리고
오른발 뻗었다가 왼발 쭉 뻗었다가
어깻죽지 앞으로 돌리다 뒤로 돌리다가
끊어질 듯 아픈 허리 붙잡고 일어섰다 앉는다
오른쪽으로 돌리다 왼쪽으로 돌리다
혼자서 별짓 다 한다
엉덩이 흔들어 박자 맞추어
흔들흔들 싹싹, 흔들흔들 싹싹 흥도 돋우어보지만
쑤시거나 무감각해진 내 몸의 부분들
무감각해지다가 힘이 딱 풀려버린 팔,
부들부들 떨다가 먹먹하다가 콕콕 쑤셔대는
뚝 끊어져버릴 것만 같은 허리,
언젠가부터 말랑말랑하고 튼튼하던 곡선 없어진다
짱짱하게 밀 건 밀고 당길 건 당기던
근육 퇴화해버리고 저린 손끝만 남는다

식구

― 송광암 체류기

1. 지경스님

주지스님은 놀랍도록 행한다
아침 여섯 시, 정오, 저녁 여섯 시,
삼십 분 전에 공양 준비를 한다
아무에게도 메뉴 선택할 기회를
요리할 기회를 주지 않고 언제나 직접 한다

2. 법효스님

지팡이 양손에 쥐고
청운당 마당에서 걷기를 한다
처음엔 마당을 넓게 돌다가
공양 준비가 거의 다 되어갈 즈음
부엌 앞을 중심으로 타원을 점점 줄인다
자꾸 부엌 쪽으로 눈길이 간다

3. 노처사님

대웅전, 청운당 청소를 한다
습기 찬 방바닥과 마루 닦아내고
카펫, 방석, 이불 내널어 습기 말린다
빗방울 사이나 햇빛 사이 뛰어다닌다
어느새 방문 열어놓고
앉은뱅이 책상에 앉아 아침 독서를 한다

4. 나

니우선원 뒤 채소밭
상춧잎 어루만지며 벌레잡기 한다
산 쪽 키 큰 상수리나무 사이 무수한
물방울 무거워 정신 놓을 것 같은 거미줄
들여다보며 **물방울의 집** 제목 잡아
나 홀로 백일장 한다

공양
― 송광암 체류기

언제나 정확히 일식 삼찬이다
네 남자의 공양은 너무 고요해 무겁다
무음의 공양 시간 깨뜨려주는 분은 늘
달마, 법효스님이다
스님은 음식을 오구감탕지게 드신다
항상 국과 밥 중 어느 한쪽 남긴다
한쪽이 남기 때문에
다른 한쪽 더 퍼 드신다
따뜻한 음식을 특히 좋아한다

노처사님은 항상
할아버지와 겸상하는 막 철들어가는
손주 같은 단정한 자세다
주머니에서 슬쩍 사탕이나 밤 내놓듯
그날 볼일이나 의견 아침 공양 중에 내놓는다
스님, 낮에는 마을에 내려갔다 올까 합니다
(처사 : ○○ 좀 사 오겠습니다)
(법효 : 절에서 ○○ 냄새가 나면 안 됩니다)

(지경 : 부처님도 ○○ 드시고 돌아가셨습니다)

(나 : 아래 토굴 앞뜰 풀 베놓겠습니다)

공양 후 설거지를 빼앗기 위해

처사님과 나는 치열한 기 싸움을 한다

교장 정년퇴임한 처사님은

이 기식(寄食)이 송구하고 감사해 좌불안석이다

나는 동냥 공양을 하니

밥값을 하기 위해 치열하게 다퉈야 한다

공양 시간은 어설프고 신기하고

불편하고 슬픈 듯도 하고 괜히 행복하다

서로 다른 별에서 온 것 같기도 하고

오래된 식구 같기도 하고 급조한 팀 같기도 한

네 남자의 공양, 늘 이렇다

꽃과 등에

청운당 뒤란
노랑 민들레꽃 위에
호리꽃등에 한 마리
앉는다

맛나게도 빤다
행복하게도 준다

오직
그저

교외별전 보시이다
온 세상의 문자들
잠시 몸 비운다

안개밭

— 가을 주암호 지나며

누가 저 물 밭에 씨 뿌렸나

기름같이 잔잔한 수면

밀고 돋아나는 뽀얀 우윳빛 저것들

누가 저 단풍 옷 입은 아침 호수

물 밭 일구나

뽀릇뽀릇 마구 피어오르는 새순들

어느 세상 물정 모르는 위인

돈 한 푼 안 되는

물안개 농사 저렇게 짓고 있나

안개 추수하기
— 가을 주암호 지나며

주암호 비끼는 길에 억새꽃 피면
좀 한심한 듯한 어떤 농부
바쁜 농사철 시작되지요
안개는 하루하루 농사,
농부는 밤새 삐걱삐걱 노 저어가며
호수, 물 밭에 촘촘히 씨 뿌리지요
눈 붙일 새 없이, 동트면
생일도 어부가 아침마다 목선 타고
미역밭이나 다시마밭에 나가듯
어김없이 물 밭에 나가지요
햇살 엮어 만든 빗자루로 안개 쓸어
햇살 통나무배에 가득 싣고,
햇살 깎아 만든 노 저어
은물결 음표 사이로 사라지지요

안개의 색계

— 가을 주암호 지나며

안개는 안개밭에서 싹이 터 자라지만 줄기와 잎과 꽃이 따로 없다 부풀어 가득한 몽롱함이 있을 뿐이다

안개는 모든 틈에 다가와 스며든다 스며들고 버무려 섞는다 안개가 버무린 시간 포근하고 불안하다

안개가 키우는 단 한 가지는 저쪽이다 누구든지 안개 안에 들어간 순간 안개의 저쪽 더듬거리고 싶다 희미하고 아득한 헛기침 하고 싶다

안개 속에서는 영토를 가지려 하는 순간 장님이 되고 만다 눈, 코, 귀, 입 없는 안개의 색계(色界)에 흩어질 뿐이다

제4부

홀로 눕기

카페 빈 드럭스에서 교차한 시선

저쪽에 껍질 벗겨놓은 죽순, 하얀 피부의 젊은 여자
에어컨 바람 쐬면서
강남 보디빌더 스타일, 사내의 구들장 가슴에 안겨 있다
갸르릉 갸르릉
그 장면에 양지바른 한옥 마루 밑의 햇볕 놓인다
배때기 뒤집으며 아양 떠는 심술 숨긴 고양이,
그녀는 호랑 무늬의 고양이가 된다 덩달아 사내 녀석도
검정 무늬의 흰 수고양이가 된다
고양이 한 쌍 한나절 가량 한적한 카페 구석 지키고 있다

저쪽에 집 나온 수캐, 팔다리 홀쭉한 중년 남자
볼록한 배 꿈틀거리면서
홀로 아메리카노 커피 한 방울도 남아 있지 않은 잔 바닥
이따금 주황색 빨대로 쪽쪽 빨며 가끔 나를 훔쳐보고 있다
인테리어 책장에 꽂혀 있는 잡지 내려 뒤적이다가
들고 온 페이퍼 백 시집 반쯤 말아 한 손으로 들고 읽고
있다
앞쪽부터 읽다, 잠시 배 위에 올리고 눈 감았다가

뒤쪽부터 다시 읽는다
아직 갈 곳 정하지 못했는지, 딱히 연락할 친구가 없는지

저쪽 복사꽃, 여자의 볼그족족해진 얼굴 데일 것만 같다
눈 위로 뒤집어 올려 사내를 보더니
양쪽 쇄골로 흘러내리는 치렁한 생머리카락 그의 목덜미
에 부빈다
머리카락 틈에 숨겨진 앞발톱 선홍빛이다
너의 가슴에 문 내고 싶어, 들락날락 네 심장 먹고 싶어
남자는 가슴에 문 내준다, 머리카락 향기에 곧 뻗을 지경
이다
연인을 싸고 있는 공기 보자기가 떨린다 갸르릉 갸르릉

건너편 저 남자 신경 쓰인다
그는 엊그제 직장에서 밀려났거나, 서너 달 전 은퇴했거나
외동딸 결혼 날짜가 다가오거나, 마누라에게 갱년기가 왔
거나
전립선 비대증 심해졌거나, 여자가 필요할 거다

그의 갈비뼈 안에서 개 짖는 소리 들린다

저 남자의 인생 고즈넉한 달밤을 짓는다

산책길 동행해주던 단짝 나무 지팡이 잃어버렸는지도 모른다

저 남자 옆에 백 년 외롭던 순한 여자 앉아주면 좋겠다

샛강

샛강이 쓸쓸한 것은 꼭 가을만이 아니다
긴 한여름 날 환한 저녁 한 술 떠먹고
어떤 이들 월화드라마나 수목드라마나 주말드라마 보고
어떤 이들 동네 호프집에 나와 떠들며 생맥주 몇 잔씩 돌리고
어떤 이들 머리카락 듬성듬성 늘어뜨린
동네 가게 앞 잘린 수양버드나무 밑에 나와 장기 몇 판 두고
억지로 끈적끈적한 밤잠 청하러 제각각 들어가고 나면
샛강은 말할 수 없이 쓸쓸해지는 것이다

샛강은 쓸쓸해서
말 못 하게 쓸쓸한 이들 하나씩 하나씩 품는 것이다
한여름 깊은 밤, 샛강 가에 나가 쪼그리고 앉아
임진강 갈대밭에 들어가 북쪽 별 보듯 잠자코 있으면
건너편 강가에 또 하나, 어두컴컴한 눈 하나가 응시하는 것이고
뻐끔뻐끔 담배 연기 마른 밤하늘에 날려 보내면

저편 상류 쪽이나 하류 쪽 강가에 쪼그려 앉은 그림자가
담뱃불 봉화(烽火) 담배 연기 봉연(烽煙) 피워 올리는 것
이다
간혹 칙칙한 물가에 세상사 잊겠다는 태공도 깃들어 있는
것이다

샛강이 힘들고 상한 영혼 안아주는 것은 가을만이 아니다
남편을 이해할 수 없는 세상의 모든 아내 잠들고 난 뒤
애비 얼굴에 대고 씩씩대던 세상의 모든 아들 잠들고 난 뒤
말 붙이기 어려워져가는 딸 방에 불 꺼진 뒤
남자들은 하나둘 가만히 샛강에 나오는 것이다
쓸쓸한 영혼들 모여 이심전심 근심 주고받는 것이다
한여름 밤, 그들만의 쓸쓸한 샛강축제 여는 것이다

홀로 눕기

홀로 눕는다 누워서 가만히 있는다
꼼짝 않고 누워 숨소리 듣는다
벌떡 일어나 쓰다 팽개친 시 찾는다

(빈번히, 잠자리에서 없어지더라니!
나가더라도 아내가 나가면 큰일,
나는 결국 아내에게 내쫓기고 말았도다
덜렁 베개 하나 안고 안방 밖으로 밀려난다
차르르, 베갯속 살구씨들 놀란다
끓던 물 주전자도, 윗집 발소리도 자는 밤
나는 빈방에 들어가 홀로 눕는다
아득한 저 안방,
아내에게 가는 길 자꾸만 아스라해진다
술에 섞인 밤, 코골이 더욱 심해지고
홀로 눕기 점점 굳혀져가고 있다
삼십 년을 아버지는 홀로 사셨지?
홀로 서고, 홀로 걷고, 홀로 앉고,
홀로 눕고, 홀로 주무셨지?

무릎 끌어당기고 누워

두 눈과 벽 사이 채운 희멀건 어둠

들여다본다, 아버지가 그랬듯)

흰 달빛과 버무려진 포근한 배꽃 향기로

이 시(詩) 고쳐주고 싶다

포옥 안기고 싶었던 스물두 살 때 미옥이

은은한 목소리나

드러누워 뒹굴고 싶은 여수 밤바다

살랑살랑 바람결이나

마주 앉아 카페라떼 함께 마시고 싶은

어느 날 저녁노을로 고치고 싶다

홀로 눕는다 누워서 가만히 묻는다

생각나는 시들 모두 외롭고 쓸쓸하다

근처

너는 열아홉 번째 나이테 위에서 깡충깡충했고,
그때 나는 스물한 번째 나이테 위에서 막막했다
너는 눈을 쫑긋 세상 밖으로 기울이고 있었고,
나는 벌써 질린 내 이십 대 초반과 툭하면 싸움질했다
나는 너를 토끼라고 불렀다, 너는 그냥 오빠라고 불렀다
네가 학교에서 버스를 타고 와 소재지 정류소에 내릴 때
나는 정류소 옆 곱창집에서 이제 막 소주를 배우고 있었다
코스모스꽃 팔랑이는 돈받재 넘는 가을과
야전잠바 빈 호주머니만큼 헐거운 겨울
사이에 낀 환절기의 나날들이었다
너의 집 텃밭과 뒤란 대숲과 집 뒤 묘지에 자꾸 서리가 내
렸다
오빠, 나 이번 주 일요일 날 서울 가
너의 그 말 구겨 길가 도랑에 처박아버리고 싶었다
나는 돌멩이에 내려앉은 죄 없는 달빛만 걷어차버렸다
찬 달빛 바르르 떨렸다, 달빛에 너의 눈 그렁그렁 빛났다
토요일 오후에 내려온 네 언니가 너를 데리고 갔다
네가 일요일 오전에 정류소에서 버스를 기다릴 때,

나는 아침부터 정류소 옆 곱창집에서 소주를 빨고 있었다

상고 졸업반인 너는 구로공단으로 간다고 했다

다음 해 여름

나는 가리봉동 벌집촌 골목 어슬렁거렸다

똑같은 네 모습 너무 많아 나는 너를 찾을 수 없었다

어디쯤인가, 너의 근처였을 텐데……

어제, 이십 년 만에 군 복무 했던 옴천마을 지나다가

경운기 몰고 길 건너는 이십 년 늙은 성윤이를 만났다

장자울 푸른마을엔가 산다고 하던데

너는 어디인가, 너는 언제인가, 늘……

스물한 번째 나이테가 열아홉 번째 나이테의 근처였듯

마흔한 번째 나이테도 서른아홉 번째 나이테의 근처인가

서른아홉 너는 요즘 분주하다가 공허할 것이다

마흔 하나 나는 때 없이 숭숭하다 허허로워진다

시간의 빈털터리들

동네 병원에 입원합니다. 병실 고독은 피해야 합니다. 다
인실에 홀몸 맡깁니다. 앞서 입원한 환자가 둘 있습니다. 육
십 대 초반은 뇌종양입니다. 오십 대 말은 위암입니다. 둘
은 지금 큰 병원에서 치료 중입니다. 잠시 동네 병원에 머물
고 있습니다. 그들은 불면입니다. 밤새 부스럭거립니다. 다
음 날, 아침에 위암이 대학병원 방사능 치료 결과 들으러 갑
니다. 저녁에 사십 대 초반 위궤양이 입원합니다. 그는 이틀
동안 계속 잡니다

다음 이틀 뒤, 뇌종양이 불완전 퇴원합니다. 오후에 위암
자리에 사십 대 초반 장염이 입원합니다. 수액과 항생제 꼽
은 뒤 곧 잠듭니다. 그는 나흘을 내리 자고 다급히 퇴원합니
다. 장염이 퇴원한 뒤 오후 한나절 병실을 지킵니다. 고독한
병실의 밤을 걱정합니다. 기우입니다. 해거름에 삼십 대 후
반 독감이 들어옵니다. 마스크에 목도리 칭칭 감았습니다.
수액을 맞고 코골이 하며 자기 시작합니다. 인사 나눌 겨를
없습니다

그는 이틀을 떨어져 자다 일어납니다. 서너 시간 보이지 않다가 들어와 다시 잡니다. 세상에 정녕 곤한 잠 한숨 편히 붙일 곳 없었을까요. 입원 열흘째, 내일은 퇴원해야 합니다. 직장 동료들에게 더는 폐가 되지 않겠습니다. 저녁을 먹고 모처럼 샤워합니다. 등이 심하게 아픕니다. 폐에 붙은 가래 털어내느라 등을 너무 많이 때렸습니다. 병실엔 어느새 사십 대 초반 둘 입실해 있습니다. 와우, 드디어 만실입니다

오늘 저녁에는 이 꽉 찬 병든 시간을 위해 축하 파티라도 열까요. 병상에 누워 스마트폰 창문으로 세상 내다봅니다. 빈곤한 시간이 만든 저녁이 없는 삶 널려 있습니다. 시간이 사라졌습니다. 어디로 갔을까요. 누구에게로 갔을까요. 젊은 환자들 셋 벌써 떨어져 잡니다. 그동안 자지 못한 잠 죄다 자려는 모양입니다. 종편방송은 잠든 자들에게도 세뇌질 합니다. 병실에 가족은 없습니다

고된 퇴근

사과나무에서 나와 가로등 밑에 멈춰 섰네
자정 넘긴 밤 후회하면서, 걷다가 마주쳤네
소리 없이 내려 발목까지 쌓인 가로등 불빛
사륵사륵 밟으며 걷다가
우뚝 멈춰 서고 말았네 내 몸 정지되고 말았네

명자나무 가지 사이로 가냘프게 솟아오른
흰 개망초꽃 위에 홀로 앉아 있는 몸집 작은 흰 나비
건드릴 뻔했네, 살금살금
접은 날개 콕 집어 입 한 번 쪽 맞출 뻔했네

쇠락한 서정 한 주머니 만지작거리며 비틀,
둥둥 집으로 가는 길, 시를 조롱하고 싶은 밤,
가로등 불빛 밑, 송알송알 개망초꽃 곁에
우두커니 선 채로 잠이 되고 싶네

개망초꽃 작은 방에 투숙한 나비 한 마리
문득, 나는 창밖 위험한 행인,

저 나비 선정에 든 것이라 가르치고 싶다면
나 한낱 불편한 계몽주의자일 뿐이리

밤이 되었으니 그냥 곤히 자고 있는 것
날갯죽지 뻑뻑하도록 일하고 돌아왔으므로
떨어져 코 골며 자고 있는 것
오늘도 수국꽃 호텔 들지 못한 그대,
투숙객은 흰 나비뿐인 개망초 여관 지나
잠든 가로등 불빛 밟고 나 막잠 청하러 가네

아침에 비틀거리는 사람

기도로 빈 시간보다 일찍 잠 깬 마음 힘들다. 이불 펼치고 파고 들어가 겨울잠 자겠다고 소원한 밤, 잠결에 이미 깨어 있는 머리 느끼는 한밤중 마음 고역스럽다. 한창 자고 있어야 할 영혼, 나도 모르게 깨어나 살아 어둠 응시하고 있는 것이다. 이때는 몸의 무게가 천근만근 되지만 새털처럼 풍선처럼 용수철처럼 자리 박차고 튀어 올라야 산다

뒷산 오솔길에 깔린 남은 어둠 발로 차며 걷다 보면 아주 조금 씩씩해지는 새벽 아침, 오르막길 계단 아무 생각 없이 기계처럼 걸어 낮은 산정에 오르면 소심한 가슴 덜컹거린다

산자락 벗어나 비탈길 내려오며 본다. 저 아래 큰길 쪽에서 어떤 사내 비틀비틀 걸어 올라온다. 술에 취한 사람이다. 무슨 일일까 이 훤한 새벽에. 가까워지며 슬쩍 보니 작업복 점퍼에 김칫국물 묻어 있다. 어쩌면 지퍼를 올리려 해도 곤란할 만큼 배가 부풀어 있다. 무얼 저렇게 먹었을까 다들 식전인 이른 아침에

내가 아는 여동생 둘은 서로 언니 동생 단짝하며 컴퓨터 부품 제조회사에 다닌다. 새벽 7시 출근 저녁 7시 퇴근, 저녁 7시 출근 새벽 7시 퇴근 반복한다. 이들은 가끔 직장 동료들과 새벽 퇴근길에 삼겹살 소주를 마신다. 밤새 떨어지는 눈꺼풀과 싸우고, 한밤중에 점심 먹고, 부은 다리 주무르며 이겨낸 부품 조립 작업 마치고 아침 귀가하는 길, 삼겹살 소주 몇 잔씩 돌려 마시는 것이다

저 사내 분명 밤의 노동자이다. 퇴근길이다. 벌써 훤해진 이 새벽 어쩌다 저렇게 과음한 것일까. 모처럼 작업반 새벽 회식이 있었던 것일까. 한잔하고 뚝 떨어져 자려고 홀로 마시다가 아예 적신 것일까. 각자 한 병씩만 하자고 시작한 술자리, 부질없이 과열된 논쟁이 과음 부른 것일까. 철야 근무 없는 노동 꿈꾸며 희망의 침 튀기다 풀이 꺾인 것일까. 비틀, 저 사내 별세탁소 지나 비탈배기 마을 골목으로 힘겹게 걸음 옮긴다

을(乙)의 소심함에 대한 옹호

당신의 날숨은 툭툭툭 끊어진 분절음이지요
당신은 그 끊긴 날숨 투두두두 투두두두
늘 따발총 쏘듯
나더러 눈 내리깔라며 내 눈에다 들이고 쏘아대요
나더러 가슴 떡 벌리고 살라며
타다다다 타다다다 두근두근 내 가슴에 쏘아대요

당신의 총구에서 나오는 공기탄에서는
타액이 튕기어 내 기분에 더럽게 들러붙지요
당신은 늘 내 소심함을 탓하며
너 잘되라고 그런 거야 난 뒤끝은 없어
말하며, 다음 날 하나도 기억하지 못하지요
다 잊어버렸다고, 다 잊어버리라고 호기를 부리지요

나는 늘 잘못했고, 늘 죄송하고, 늘 쫄아야 하고
그렇게 살아서는 안 되고, 당신을 본받아야 하고
밤새 한숨도 못 자면서 나는 왜 이 모양이야
나를 미워해야 하지요 더는 소심해서는 안 되지요

그래요 하지만 내가 소심하니까

비록 터벅터벅 걸어 늦은 귀가를 하다가

집 앞 가로등 밑에서 들릴락 말락 하는 소리로

씹할 놈, 좆같은 새끼

욕 한 번 뱉어내고 집에 들어와 쓰러지곤 하지만

나는 당신께 상처 주지 않잖아요

나는 뒤끝 있어요 절대 소심한 게 부끄럽지 않아요

구슬치기

해남읍 서림 팽나무 숲 그늘에서
아이들 여나뭇 구슬치기 하고 있다
그 옛적, 손에 꼭 쥔 구슬 엄지손톱으로 튕겨
땅바닥 오방 구멍에 차례로 넣고
동무들 구슬 맞추어 따먹기 하던
영호, 기영, 철수, 남일, 진철……

야구공만 한 쇠구슬 쇠망치로 쳐 여기저기
세워진 꼬마 골문에 넣기 시합 하고 있다
그 옛날, 저쪽에서
이슬비 내리는 이른 아침에……
동요에 맞춰 고무줄놀이 하던 여친들
영희, 숙자, 둘도 섞여 함께 놀고 있다

어릴 적 보았던 모습 그대로인 팽나무
그늘 밑 벤치에 앉아
저 아이들 나이 뒤따라가버린 내 어린 시절

그리워 잠시 눈 감는다

울긋불긋 곱게 차려입고 고즈넉이
게이트볼 치고 있는 아이들 소리
영희야, 그렇게 말고 이렇게 해봐
철수가 영희의 팔 잡고 자세 잡아준다
샘난 기영이가 소리친다
야, 니네 팀 반칙이야! 나도 숙자 갈쳐줄란다

아이들 소리 팽나무 숲 가득 터진다
나는 땅거미 내려오는 금강산 쪽이나 보며
컹컹, 나무란다
이 녀석들아 그만하고 들어가 저녁 먹어라

쥐코밥상이 있는 저녁 풍경

엄마가 마당 가 감나무 밑 맑은 우물물에 방앗간에서 갓
찧어온 햅쌀 씻어 저녁밥을 안쳐요

솔잎과 솔방울과 소나무 자장개비 아궁이에 모아 넣어 불
때 밥을 지어요

밥물이 넘치려 할 때쯤 불을 줄였다가 다시 센 불 피워 한
소끔 재져요

솥뚜껑이 열릴 때 갇혀 있던 하얀 밥 향기 다투어 우르르
가난한 마을 공기 속으로 달음박질쳐요

엄마는 사기 밥그릇에 고봉으로 소복이 윤나고 김 나는
흰 쌀밥 담아 쥐코밥상을 차려요

밥그릇 앞엔 풋고추에 식은밥과 붉새우젓 넣어 갈아 무친
풋내 나는 얼갈이 배추김치 한 보세기 놓아요

밥그릇 오른쪽엔 무 싱건지 채 썰어 넣고 생굴 한 종지 넣
어 끓인 된장국 한 대접 놓아요

들일 끝내고 돌아온 아부지가 우물물에 흰 고무신 씻어
마루 밑 주춧돌에 비스듬히 세워놓아요

아부지는 밥을 입에 떠 넣기 전 간장 종지에 숟가락 담가
조선간장 한 숟갈 떠 목을 적셔요

아부지가 맛있고 복되게 밥상의 그릇들 비울 때, 마을 한 바퀴 돈 누렁이가 사립문 밀며 들어와요

내내 곁에 앉아 있던 엄마는 아부지의 그릇이 거지반 비어갈 때쯤 흰 사기 대접에 꼬순 숭늉 내어와요

아부지의 용용한 구릿빛 얼굴, 힘진 근육이 위아래로 뻗은 목, 단단한 팔뚝이 보기 좋아요

엄마의 샘물 같은 눈과 살갑고 공손한 입매, 곱고 다소곳한 옷매무새 또한 보기 좋아요

쌀밥 냄새, 엄마, 아부지, 누렁이, 부삭 속에서 솔잎 잔불에 익어가는 감자 냄새가 나는 좋아요

지상의 별밭

— 비엔티안

어느 날 어느 나라 어느 광활한 숲에 어둠이 쌓이자 헤아릴 수 없는 별들이 쏟아져 내려왔습니다. 별들은 단 한 개도 다시 우주로 돌아가지 않고 그곳에 마을 일구며 살았습니다. 그때 이후, 그 나라 그 숲에 날마다 밤이 오면 별들은 깜깜한 처마에 반짝반짝 등불 내걸었습니다. 별들은 밤마다 소곤소곤 밤새워 두고 온 고향의 추억과 지상의 꿈 이야기 수놓았습니다. 언제인가부터 지구 사람들은 이 세상 어딘가에 별마을이 있다고 수군거려댔습니다

여기서 잠깐 하늘나라 별들의 말 들어볼까요. 어느 날 어느 밤에 별나라에서는 큰 소동이 일어났습니다. 별나라의 셀 수 없이 많은 처녀, 총각들이 어딘가 다른 곳에 가서 살고 싶다고 부모들을 졸라댄 것입니다. 사실 졸라댄 게 아니고 그냥 통보한 것입니다. 그런 뒤 그들은 길을 떠나버린 것입니다. 하늘나라에 남은 별들에게 퍼진 소문으로는 그 애들은 모두 지구 라오스라는 나라의 숲으로 갔다고 합니다

지구의 어느 비행장에서 출발하든지 깊은 밤에 라오스의

비엔티안 하늘 위에 닿아보십시오. 당신은 그곳에서 숨겨진 고대 문명 같은 별마을을 볼 수 있을 것입니다, 별마을이 항상 우리 머리 위에 있다는 생각만 버린다면. 검푸른 저 지상에 저렇게 많은 별들이 박혀 빛나고 있다니. 저렇게 많은 별들이 밤마실 나와 와글대고 있다니. 몸마저 푸르르 떨릴 듯, 당신의 마음은 가을 바다의 물별처럼 반짝이게 될 것입니다

　어느 날 어느 밤에 말입니다. 비엔티안행 비행기에 몸을 실어보십시오. 식상한 당신 남겨두고 이 지상의 별밭, 지상의 별마을로 냅다 한번 떠나보는 것입니다. 가셔서 이 별마을 주민들의 이야기도 듣고 당신의 이야기도 좀 털어놓으십시오. 그리고 꼭 이곳에서 마음껏 사랑을 한번 해보는 것입니다

토요일 밤은 손톱을 깎는 시간이에요

토요일 밤에는 손톱 깎아요
정성껏 내 몸 톡톡 잘라내요
지금도 내 몸 무럭무럭 자라요
토요일 밤에는 난 가끔 옛날로 걸어요
아버지가 내 조막손 들여다보아요
긴장한 얼굴로 내 손톱 깎아주어요
당신 입속에 넣고 입술로 씹어요

나는 단 한 번 은혜를 갚아요
아버지, 손톱 깎아드릴게요, 손 주세요
아버지, 손톱 너무 닳았어요
깎을 게 없어요
아버지, 발톱도 마저 깎아드릴게요
발톱에 옹이가 박혔어요, 아버지
손톱깎이가 잘 들어가지 않아요

할아버지와 할머니는 이 손 보고
고사리손이라고 했을 테지요

아버지의 앙상한 손 갈퀴 수선하며

토요일 저녁 눈물밥 푸짐하게 먹어요

아버지, 손톱하고 발톱 다 깎았어요

저승에 가서는 아껴 쓰세요

아버지를 위해서도 좀 쓰세요

토요일 밤은 미뤄둔 손톱 깎아야 해요

최후의 추억과 놀래요

글쎄, 토요일 밤이 자꾸자꾸 지워지지 않아요

아버지는 예나 지금이나 걱정뿐이네요

아가, 밤에는 손톱 깎지 말아라

나는 아버지 말씀 지금도 잘 안 듣지요

별세탁소

아이파크가 앞을 가린 쪼그라든 동배마을 어귀에 그가 세탁소를 차린 것은 평수 넓은 아이파크 마나님 명품 옷 세탁해주기 위한 건 아니었다. 고가의 드라이클리닝 기계 사들여 마나님네 딸 몽클레어 손질하다 탈 내 지청구나 듣고 쌩돈이나 물어주자고 한 건 아니었다. 돈 벌어 무슨 영화 누리자는 건 아니었다

옷감 천, 재봉틀, 규중칠우와 평생 벗해온 그다. 이제 그의 도력은 그만그만한 동네 장삼이사나 아이들의 옷 세탁해다릴 때, 옷 주인의 생업과 가족과 대소사 훤히 들여다본다. 사람 좋은 아내는 해 질 녘 산책길에 저녁 찬거리로 부추꽃이나 수레국화를 따오리라. 이런 꿈 꾼다고 하더라도 벌어먹자고 가게를 장만한 것은 맞다

그 옛날 해남 읍내 화신라사에서 꿀밤 맞아가며 양복 일 배울 때였다. 근처 노라노양장점에서 중고등학교 여학생 교복 치수 재며 여사장님 곁에 붙어 있던 아내는 여고생만큼 애리애리했다. 결혼 뒤 서울 변두리와 위성도시 몇 군데

전전하다 광주 구도심 산 밑 마을에 정착한 그, 세탁 일을
송충이 솔잎 여기듯 하며 살고자 한 것은 맞다

　처음 세탁소 이름 지을 때, 그는 마누라가 걱정할 정도로
사나흘 끙끙대며 이름 짓기에 골몰했다. 동배세탁소? 운암
세탁소? 행복세탁소? 명품세탁? 클린세탁소? 동네세탁소?
믿음세탁소? 소망? 사랑? 마침내 곧 빠개져버릴 듯한 머릿
속, 한 줄기 살별같이 뭔가 긋고 지나갈 때 그는 허벅지를
탁 쳤다. 됐다, 은행나무세탁소

　무르익은 가을, 옛날 마을 입구였던 자리에 서 있는 은행
나무 이파리 온통 물들었다. 노란 뭉게단풍은 보름달이 하
늘에서 걸어 내려와 마을에 막 당도한 것처럼 보였다. 아이
파크 위 하늘에선 밤이 깊고 맑고 넓고 푸른 전설지붕 만들
어 놓고 있었다. 은행나무 빽빽한 황금잎 사이로 별들이 섞
여 쏟아졌다. 아, 별세탁소

　별을 좋아하는 그, 결국 *별세탁소* 간판 걸고 희망찬 첫발

자국 내디뎠지만, 아뿔싸 한 달 뒤 아래쪽 큰길과 골목길의 모퉁이에 클린토피아, 세탁 체인점이 쳐들어오고 만 것이다. 식전 담배 버릇까지 도진 그, 꽁꽁 언 새벽에 옥상에 올라 팔 한 번 휘젓고 새벽별 쳐다보다 느닷없이 동트기 전 깨달은 자처럼 외쳤다. 그래 이놈들아, 우리 집은 별만 세탁하는 「별」세탁소다

제5부

별이 빛나는 밤

별

별빛은 별의 눈물
얼마나 외로우면
눈물이 저토록 빛나겠니

투명하게 얼어버린
만년빙 같은 겨울밤
저 외딴 깜박임

별의 외로움은 화석,
생멸윤회 여읜 무시무종,
천장지구의 영원

놀라운 은총

독하게 외로울 땐 혼자가 되자

누구도 그리워하지 말자

나에게로 가서 함께 나란히 앉자

나와 함께 고독한 숲길 걷자

홀로 묻고 답하자

사랑하고 기도하고 감사하자

알 수 없는 외로움 등 뒤에 느낄 때는

정신 저어서 우주로 나가자

혼자서 별을 베고 잠자고

혼자서 달을 보듬고 연애하자

태양에 지을 멋진 집 설계하자

외로움이 내게 온 시간은

혼자서 나와 함께 춤출 시간

버리고 내려놓고 벗고, 훌훌 날자

반짝반짝, 놀라운

은총의 시간이 내게 온 것이니

감춰진 양식

그대여
슬픔을 헤피 퍼내버리지 마라
슬픔이 고이지 않으면
마음 가물어지나니
풀, 씨 하나 꽃, 씨 하나
움트기 어렵나니

고독을 헛되이 낭비하지 마라
고독이 빈 황량한 마음에
연둣빛 말들 돋아날 수 없나니
잉크빛 아침 나팔꽃도
짝 된 파랑새도 들지 않나니

슬픔과 고독 아끼고 아껴
슬픔과 고독의 부자가 되어라
슬픔과 고독의 착한 주인이 되어라
슬픔과 고독은
곤곤한 삶의 감춰진 양식이거니

가을 산행

인생도 오르막길이라면 좋겠네
가파른 절벽일지라도

저 산봉우리 너머 또
산봉우리 있다면 좋겠네
가쁜 숨 몰아쉴지라도

산봉우리에 올라
잠시 생각하는 사이
삽시간,
한 줄기 바람 같은 환(幻) 흐르고
한 줄기 꽃향기같이
연(緣) 피었다 지네

석양 차가운 늦가을 산행
억새꽃 허옇게 핀 머리칼 날리며
산 너머 노을 속으로 나는 가네

별이 빛나는 밤

— 관동마을 밤바다

진흙돌 시간 걸었네

독 하나 마주쳤네

마음 깊이 담고 말았네

눈 멀었네, 귀 멀었네, 숨 막혔네

빠진 밑 못 보고 근심 마구 부었네

진흙돌 시간 아파 죽었네

관동 밤바다에 그 주검 묻었네

밤별들 물에 가라앉으며

와글와글 울어주었네

사람을 사랑한 죄

사람을 사랑한 죄 크다
사람을 사랑한 죄를 짓고 받는
형벌 가혹하다

영혼의 파인 상처 위에 해가 뜬다
해가 진다

언어의 다리 끊기고,
혀 잘린 야수는 사람의 벌판에서
적막하게 포효한다

사람을 사랑한 죄를 짓고
차디찬 새벽에
죗값이 못 되는 시를 쓴다

하루

사랑하지 않았으니 결국 별 탈 없었다

사랑하지 않고 살았으니

쓴 물 한 모금 고이지 않았다

그립지 않았으니 못 견딜 만큼이지 않았다

밤의 밤, 하루 사이 건너는 시간

온몸에 피가 빠져나간 바지 하나

허공 밖 무환자나무 가지에 걸려 있다

자유

초등학교 이삼 학년 때 일이었을 것이다
교과서에서 자유라는 말 첨 배운 날이었다
수업 시간 끝나고 희한한 일이 벌어졌다
뒷줄에 앉는 엄석대 같은 영훈이란 놈이
앞쪽에 앉는 작은 놈들 어깻죽지며
뒤통수 마구 때리며 돌아다녔다

왜 그래, 왜 때려!
자유여어, 내 자유여어, 너도 네 자유대로 해!

자유, 자유라!
자유무역협정, 자유시장경제, 자유민주주의……

영훈이란 놈, 정말 경이롭고 싹수 있는 놈이었다
그 어린놈이 자유라는 말, 한쪽 날의 뜻
그렇게도 정확히 알고 있었다니
하기야 그때 그놈은 우리 반에서 덩치가
가장 컸으니까, 힘이 가장 쎈 놈이었으니까

가을
— 고독

한동안 보이지 않던
그가 나타났다
내 마음 안방에 들어앉아
주구장창 죽치고 개기며
물어뜯고 할퀴고 누르고 조이고 틀어막고 하다가
뛰쳐나가 보이지 않더니
앙상한 내 영혼
이제 떠났나 싶더니
더 지독한 놈 되어 돌아왔다
근처에 어슬렁거린다

가지 않은 길

까마득한 옛날 오경박사 책굴에 공부하러 가며, 공부하고 집에 오며, 공부하다가 머리 식히며 사색에 빠져 걷던 길 걷는다

해 질 무렵 홀로 호젓한 산길 걷다 갈림길 만나면 자연스레 가장 훤한 길 골라 걷고, 어딘지 모르게 집으로 가는 느낌이 드는 길로 들어서게 된다

벌써 이사 온 지 얼마쯤 지난 것이어서 이제는 그간 낯 터 놓은 오솔길 쪼르르 따라 걷는다

아파트가 많은 도회마을 뒷산 산책길 거미줄처럼 연결되어 있는 것과 달리 이곳 길은 단순하고 길어서 충분히 사색하기에는 좋다

큰 하수구만큼 넓은 도회마을 산책길에 비해 이곳 산길은 봄날 산골짜기 흘러내리는 졸졸졸 물소리만큼만 굵다

오늘 산책은 조금 일찍 나선다 걸음이 슬그머니 느려진다 내가 걷는 이 길에도 두어 개의 제법 큰 문 달린 산길 더 있고, 가는 노끈 실만큼 좁은 숨다시피 하는 길 여럿 더 있다

나는 오늘 작은 산길까지 죄다 길문 똑똑 두드려본다 살짝 문 열어본다 얼마쯤 들어가보고 나온다

책굴 앞 **왕인석상** 옆에 앉아 생각에 잠긴다 그는 까마득한 옛날, 저 아래 **상대포구**에서 천자문과 논어 가지고 훗날의 아스카 문화 문 열러 길을 갔다

문필봉 아래서 그가 걸었던 마음 안팎의 오솔길, 서기 4세기에 그의 앞에 놓인 세상의 길 생각해본다 더는 가지 않은 길 위해 그가 바쳤을 원시기도 생각해본다

오늘, 산책하며 가지 않은 미지의 길문 죄다 두드려보고, 들여다보고, 살짝 들어가보았던 일이 잔잔한 깨달음 준다

내가 가지 않은 길도 가는 길만큼 귀중하고 아름다운 길일 거라 생각하고 힘찬 손뼉 쳐주어야 한다는 마음 앞에, 이제야 나는 겨우 서 있다

즐거운 놀이터

깔깔깔, 가을은 단풍들의 놀이터

빨강, 주황, 갈색, 노랑, 초록, 오색

단풍들 놀이터에서 땀범벅 되어 논다

산들바람은 단풍들의 미끄럼틀

빨강, 주황, 노랑 단풍나무 잎들 미끄러져

내려와 갈색 풀밭에 바투 모여 떠든다

푸른 하늘은 초록 단풍들의 도화지

높다랗게 그려놓은 비행기 한 대

흰 구름 똥 갈기며 멀리 달아난다

맑은 햇살은 오색 카드의 질료

단풍들은 오색 카드로 온 산에 수놓아

놀이터의 평화와 환희 열창한다

가을비는 단풍들의 번지점프

은행나무 노란 잎들 지칠 줄 모르고

종일 수직으로 뛰어내린다

밤이 되면 단풍들 불꽃놀이 한다

펑 펑 피웅 피웅

별들은 단풍들이 쏘아 올린 찬란한 불꽃

온 세상, 온 천지는 오색

단풍들의 신나는 놀이터, 깔깔깔

함박눈 내리는

오늘 아침 1교시 수업 시작 뒤, 뜬금없이 딩동댕! 교내 방송 시작 신호음이 울렸다

"1층 복도에서 후라보노껌 빈 통 한 개와 낱개 껍질 한 개, 속은박지 한 개를 분실한 학생은 1층 교무실에 보관하고 있으니 1교시 수업 끝난 뒤에 와서 찾아가시기 바랍니다."

김 선생은 미안한 듯, "수업 시작했는데 죄송합니다." 하는 말을 서둘렀다

딩동, 방송 종료 신호음이 뱀꼬리처럼 흰 눈밭으로 사라졌다

새벽 눈

새벽아침,
미어터질 것 같은
머릿속 가방
탈탈 털어 비우고
활짝 열어젖혀
석구 형님네 시골집,
장독대 간장 항아리 위
올려놓으면
밑도록 긴 긴 밤
번뇌 들끓던, 빈 가방
흰 눈 소복소복
채워주시리

현상을 응시하는 주체들

고광식

0.

시인은 시각의 포충망에 붙잡힌 현상을 감각으로만 이해하지 않는다. 시각의 안쪽에 웅크리고 있는 것, 이를테면 현상의 민낯을 보려 한다. 현상은 늘 사납게 짖어대다가 침묵하는 과정을 반복한다. 감각에 의해 더욱 분명해지는 물자체는 간헐적으로 앓는 소리를 낸다. 따라서 현상의 본성을 파악하는 일은 중요하다. 그러므로 김민휴 시인의 시집 『을(乙)의 소심함에 대한 옹호』는 현상을 응시하는 주체들의 진술이다.

1. 시간이 새기는 글자

시간은 멈추지 않는다. 지나간 날을 뒤돌아보지도 않고 오직 현재를 딛고 미래로만 나아간다. 시간은 세계에 존재하는 모든 것들에게 일정한 빠르기로 무한히 연속되어 흐르는 모습을 보여

준다. 우리는 모두 객관적 시간 속에서 자신의 고유한 삶을 산다. 그리고 특정한 일 때문에 시간을 지정해놓기도 한다. 시간을 지정하는 것은 자신들의 이익을 위해 어떤 일을 계획하거나 타자를 통제할 때이다. 이렇듯 시간은 분절과 순환 속에서 유지되는 속성이 있다. 우리는 시간의 등에 올라타 역동적인 순간을 즐기기도 하고, 시간에 포박당하여 수동적인 삶을 살기도 한다. 때로는 형이상학적으로 흘러가는 시간의 심장에 활을 쏜다. 직관에 의해서 쏜 화살은 우리를 성찰하게 한다.

김민휴 시인의 현상을 응시하는 모습은 "아침 바다가 돌을 다듬고 있다/단단한 돌들의 모서리 다듬어 글자 새기고 있다/큰 돌, 작은 돌, 모든 돌의 몸에/또렷한 글자들, 둥글게 둥글게"(「몽돌밭에서」)처럼 자연의 경외로 나타난다. 아침 바다는 자신을 닮은 돌을 꿈꾼다. 인간이 태양의 모습을 본떠 시계를 둥글게 만들었듯이 바다도 자신의 모습을 본떠 돌을 둥글게 만든다.

음악을 올려놓고
엎어놓았던 책 다시 들어 책장 넘긴다
나는 책 읽고 너는 내 곁에 엎드려 누워
음악 들으며 두 발 거꾸로 세워
뒤꿈치 톡톡 두드리는
즐거운 상상을 한다

어디쯤 오고 있을까, 나는
글과 음악, 그 자리에 가만히 놓아두고
주방에 나가 양은냄비에 물 담아

가스레인지에 올린다, 딸깍딸깍
파란 불 피워 커피 물 끓인다
　　　　　　　　　　　　　　—「네가 내게로 오는 밤」 부분

시적 화자는 특별한 시간에 주목한다. 직진성에 충실한 시간을 주관적 시간으로 불러온다. 애틋한 사랑에 가슴 앓던 경험을 현실적 시간으로 환원한다. 사랑의 경험에 의해 확보한 현상은 "음악을 올려놓고/엎어놓았던 책 다시 들어 책장 넘긴다"고 감정을 토로한다. 흰 돛을 달고 멀리 떠났던 시간이 현재로 환원되어 "나는 책 읽고 너는 내 곁에 엎드려 누워" 음악을 듣는 공간으로 확장된다. 화자의 즐거운 상상은 스무 살의 아름다운 심장을 닮았다. 슬픔은 물밑으로 가라앉고 기쁨만이 바람에 흔들리는 꽃처럼 환하다. 화자는 내적 시간을 즐기고 있다. 현실적으로 존재할 수 없는 시간을 판타지화한다. 이미 떠나간 연인은 특별한 시간대 위를 걸어서 온다. 연인이 오는 길은 꽃비 내리는 자의식으로 가득 찬 공간이다. 그러기에 화자는 "파란 불 피워 커피 물" 끓일 수 있는 것이다. 이토록 설레는 시간에 숨어 있던 노을이 붉은 구름을 펼쳐놓기 시작한다.

모든 시간은 현재 밖으로 탈출하려는 욕망을 가진다. 지칠 줄 모르는 탈출의 욕망은 도달할 수 없는 미래로 향한다. 현재의 자아나 타자는 존재하지 않는다. 현재 밖으로 하염없이 탈출하고 있는 우리가 있을 뿐이다. 근대는 직진성에 충실했던 시간을 순환시키는 데 성공했다. 그리고 우리 모두에게 시간에 지배받는 삶을 살게 했다. 시간에 대한 근대의 논의는 치열하게 살고자 하는 삶의 탐구에서 발현되었다.

2. 상실의 의식화

우리는 세상을 살면서 많은 상실감을 느낀다. 상실감은 우리 내부에 특별한 감정을 키워 자아를 힘들게 한다. 대부분 상실감 때문에 발생한 슬픔과 고통은 시간이 지나면서 흐릿한 흔적으로 남다가 사라진다. 하지만, 자신이 의미를 두었던 것의 상실은 시간과 함께 커간다. 특히 가족의 죽음이나 연인과의 이별에서 오는 상실은 고통스러운 반응으로 나타난다. 고통은 무력감과 분노 등으로 가슴을 압박한다. 상실의 피로감은 우울증을 동반해 세상을 부정적으로 바라보게 한다. 이와 같은 혼란에서 벗어나려면, 자신의 감정을 스스로 진단해야 한다. 자기 자신과 화해할 때, 상실로 인한 혼란을 극복할 수 있다. 세상은 꽃길만 놓여 있는 가능 공간이 아니다. 설령 꽃길만 걷는 사람이 있다 할지라도 상실감을 느낄 수밖에 없다. 충족되지 않는 욕망이 공허감과 허탈감을 불러오기 때문이다. 그러므로 상실은 우리가 현실적으로 수용해주어야 할 대상이다.

시적 화자에게 상실감은 첫사랑이나 유년기의 따뜻했던 순간에 대한 그리움으로 나타난다. 그리고 화자가 살아가는 현재의 공간에서 판타지를 꿈꾸게 한다.

그 애가 걸어 나왔네

아카시아 꽃 냄새 밀치며

언덕배기 풀밭 위

그 애와 나 나란히 앉아

…(중략)…

우린 서로 기대어

얼굴 들여다보다

눈 꼭 감았네

아카시아 꽃 냄새 속으로

그 애가 걸어 들어갔네

—「열예닐곱」 부분

　　다음 이틀 뒤, 뇌종양이 불완전 퇴원합니다. 오후에 위암 자리에 사십 대 초반 장염이 입원합니다. 수액과 항생제 꽂은 뒤 곧 잠듭니다. 그는 나흘을 내리 자고 다급히 퇴원합니다. 장염이 퇴원한 뒤 오후 한나절 병실을 지킵니다. 고독한 병실의 밤을 걱정합니다. 기우입니다. 해거름에 삼십 대 후반 독감이 들어옵니다. 마스크에 목도리 칭칭 감았습니다. 수액을 맞고 코골이 하며 자기 시작합니다. 인사 나눌 겨를 없습니다

…(중략)…

　오늘 저녁에는 이 꽉 찬 병든 시간을 위해 축하 파티라도 열
까요. 병상에 누워 스마트폰 창문으로 세상 내다봅니다. 빈곤
한 시간이 만든 저녁이 없는 삶 널려 있습니다. 시간이 사라졌
습니다. 어디로 갔을까요. 누구에게로 갔을까요. 젊은 환자들
셋 벌써 떨어져 잡니다. 그동안 자지 못한 잠 죄다 자려는 모양
입니다. 종편방송은 잠든 자들에게도 세뇌질 합니다. 병실에
가족은 없습니다

　　　　　　　　　　　　　　　　　　　　—「시간의 빈털터리들」 부분

　「열예닐곱」이란 이미 잃어버린, 즉 상실한 시간이다. 첫사랑은
시간과 함께 가버리고 현재엔 존재하지 않는다. 감성적으로 다가
오는 애틋함만이 끊임없이 화자 주위를 떠돈다. 그러기에 시적
화자는 당시 그곳의 시간을 "그 애가 걸어 나왔네"라고 지금 이곳
으로 불러들인다. 당시 그곳의 공간에 놓여 있던 사물도 함께 불
러와 이곳을 과거의 미장센으로 가득 채워 현실화한다. 그러자
실제인 것처럼 "아카시아꽃 냄새 밀치며" 그녀와 내가 나란히 앉
아 있는 공간이 나타난다. 머리와 가슴에서 일어나는 화학작용
을 누구도 막을 수 없다. 이것이 상실의 슬픔을 극복하는 방법이
기 때문이다. 과거의 기억 속 그녀의 "얼굴 들여다"본다. 과거가
그랬듯이 화자의 현재에서도 그녀는 나만을 바라보고 있다. 둘의
사랑은 시공간을 초월해 영원히 반복되는 느낌을 준다. 시적 화
자는 첫사랑의 한때를 떠올리는 방식으로 상실을 견딘다. 이러한
시도로 상처가 어느 정도 극복되었는지 첫사랑이 아카시아 꽃 냄

새 속으로 사라진다.

「시간의 빈털터리들」에서 우리는 시적 진실을 찾아보아야 한다. 시에 등장하는 주체들은 스스로 시간을 지워버린다. 홀로 맞서야 하는 상황인데, 잊고 싶은 방어기제가 나타난 것이다. 온 힘을 다해 불안을 죽어버린 시간 속에 묶어두는 전략이다. 시간을 자신의 것으로 만들며 꾸었던 꿈들이 사라졌을 때, 우리의 긍정적 사고와 행동은 수동적으로 바뀌게 된다. 현실을 바라보는 냉소적 시선이 자신을 스스로 지배한다. 따라서 환자가 "수액과 항생제 꼽은 뒤" 잠이 들고 "나흘을 내리 자고 다급히 퇴원"하는 것은 고통스러운 현실로부터 도피하고자 하는 행위이다. 실존하는 고통을 감각 밖으로 밀어내는 것은 시간을 빈털터리로 만든다. 현실을 부분적으로 지우며 입지를 확보해가는 시적 주체들의 정신이 우리를 감응시킨다. 시적 화자는 자기만의 방식으로 "오늘 저녁에는 이 꽉 찬 병든 시간을 위해 축하 파티라도 열까요"라며 자신과 타자의 고통을 동일시한다.

> 엄마는 사기 밥그릇에 고봉으로 소복이 윤나고 김 나는 흰 쌀밥 담아 쥐코밥상을 차려요
> 밥그릇 앞엔 풋고추에 식은밥과 붉새우젓 넣어 갈아 무친 풋내 나는 얼갈이 배추김치 한 보세기 놓아요
> 밥그릇 오른쪽엔 무 싱건지 채 썰어 넣고 생굴 한 종지 넣어 끓인 된장국 한 대접 놓아요
> 들일 끝내고 돌아온 아부지가 우물물에 흰 고무신 씻어 마루 밑 주춧돌에 비스듬히 세워놓아요
> 아부지는 밥을 입에 떠 넣기 전 간장 종지에 숟가락 담가 조

선간장 한 숟갈 떠 목을 적셔요
　아부지가 맛있고 복되게 밥상의 그릇들 비울 때, 마을 한 바
퀴 돈 누렁이가 사립문 밀며 들어와요
　내내 곁에 앉아 있던 엄마는 아부지의 그릇이 거지반 비어
갈 때쯤 흰 사기 대접에 꼬순 숭늉 내어와요

　　　　　　　　　—「쥐코밥상이 있는 저녁 풍경」 부분

　상실감은 자본주의 사회에서 채워질 수 없는 욕망 때문에 오기
도 한다. 물질을 추구하다가 어느 지점이 되면 만족할 거 같은데
현실은 그렇지 않다. 끝없는 욕망만이 남아 우리를 괴롭힌다. 행
복과 만족의 기준점이 없다는 점이 허무감을 낳는다. 목적을 달
성했을 때 오는 만족감은 며칠 동안만 행복으로 연결된다. 짧아
도 너무 짧다. 우리는 사회에 던져지기 이전의 상태로 돌아가기
를 원한다. 현재의 욕망을 성찰하고자 시적 화자는 "엄마는 사기
밥그릇에 고봉으로 소복이 윤나고 김 나는 흰 쌀밥 담아 쥐코밥
상을 차려요"처럼 과거를 소환해 오늘을 점검한다. 이것은 너무
오랫동안 자신을 괴롭혀온 욕망에 대한 보편적 점검이다. 타자가
자신에게 세뇌하고 있는 욕망을 실현하려고 우리는 자신을 너무
가혹하게 채찍질했다. 따라서 "밥그릇 오른쪽엔 무 싱건지 채 썰
어 넣고 생굴 한 종지 넣어 끓인 된장국 한 대접"은 욕망을 성찰하
기 위한 과거의 기억이다. 현재의 욕망과 과거의 욕망 없음이 분
석되고 비교되는 과정이 애처롭다. 당시 그곳에선 쥐코밥상만 있
어도 행복했다. 욕망의 의미 없음을 드러내기에 충분한 과거의
전경화이다.

인간은 타자와 관계를 맺으며 살아간다. 살아간다는 형식, 즉 시간과 공간 안에서의 삶은 끊임없는 상실감을 전제로 한다. 인간은 상실을 발판으로 삼아 미래로 나아가는 존재이다. 우리는 시간과 공간 안에서 치러지는 상실감으로 고통받는다. 상실로 촉발되는 고통에서 벗어나기 위해 감성적인 욕망은 필요하다.

3. '자연'을 향하는 주체

자연은 그 자체가 꿈틀거리는 생명으로 가득 차 있다. 자연에 존재하는 생명체들은 스스로 자라나 자신만의 목적을 위해 살아간다. 그렇게 태어난 생명은 쇠약해지다가 자신의 존재를 스스로 지운다. 합목적성으로 살아가는 생명은 자연 안에 내재한 동질성으로 조화롭게 서로를 배려한다. 자연 안의 식물들은 스스로 양분을 만들어 생활한다. 수십만 종에 이르는 식물들은 같은 시간대에 꽃을 피우지 않는다. 식물들은 적도에서 남북극까지 지구 전체를 생활의 터전으로 삼고 있다. 만약 식물이 같은 계절에 일제히 꽃을 피운다면 지구는 견딜 수가 없을 것이다. 아무리 번식을 위한 욕망이 강할지라도 이들은 서로를 배려하며 꽃을 피운다. 계절마다 그리고 시간대를 달리하여 조화와 균형을 이루는 식물이 아름다운 이유이다.

인간도 자연 안에서 모든 생명체와 평등한 지위를 갖는다. 하지만, 이성으로 무장한 근대의 인간들이 자연을 고문해 온갖 이익을 얻었다. 그러나 인간은 자연을 초월해 존재하지 못한다. 자연과 동질적인 존재이고 순리를 거슬러 살 수 없다. 그러므로 인

간은 자신의 삶이 상실과 결여로 고통을 당할 때, 더욱 자신을 성
찰하려고 한다.

꽃은 교과서를 만든 적 없어요
어린 꽃들을 가르친 적 없어요
꽃은 미학 공부한 적 없고
철학 공부한 적도 없어요
꽃은 도덕책 한 쪽 배운 적이 없어요

…(중략)…

꽃은 그냥 피어요, 그냥 시들어요
꽃은 웃은 적도 없고 운 적도 없어요
꽃은 그냥 살아요
햇빛 한 조각 더 모아놓지도 않고
물 한 바가지 더 감춰놓지도 않아요
바람 한 봉지 숨겨놓지도 않아요

—「여여(如如)」 부분

송광암 해우소 지붕은 별지붕
극락전 지붕도 별, 니우선원 지붕도 별
적대봉 천장도 별
남쪽 하늘은 별천지이다

몽글게 빗겨진 청운당 앞마당
당신이 앉았다 간 돌의자, 감꽃 같은

별빛 수북이 쌓여 있다

　　　　　　　　　　　　　　　　　—「별지붕−송광암 체류기」 부분

　시적 화자의 "꽃은 교과서를 만든 적 없어요"라는 진술은 자연
에 대한 동경이다. 오래전 우리는 자연과 인간은 동질의 것이라
고 믿었다. 하지만, 근대의 인간은 식물을 고문하고 꽃을 생체 실
험했다. 상실과 결여로 가득 찬 인간은 타자로 만든 꽃을 비인간
화했다. 자연은 뒤틀리고 상처 나기 시작했다. 인간이 근대의 기
계론적 자연관으로 삐딱하게 꽃을 본다. 그런데도 "꽃은 웃은 적
도 없고 운 적도 없어요"처럼 한결같고 변함없는 모습을 보여준
다. 오늘도 무념무상의 상태에서 꽃은 "햇빛 한 조각 더 모아놓지
도 않고" 바람에 하염없이 나부낀다. 자연을 바라보던 화자의 시
선이 인간에 대한 안타까움으로 젖어든다. 우리는 탈레스의 말처
럼 "만물은 신들로 가득 차 있다"를 믿고 싶어진다. 가슴 떨리는
마음으로 꽃이 피는 것을 보고 싶고, 애틋한 시선으로 꽃이 지는
것을 바라보고 싶다. 인간도 자연과 동질의 것이다. 이 때문에 타
자와 조화를 이루고 싶다는 근원적 욕망이 꿈틀거린다.

　우리는 모두 호모 노마드의 유전자를 가지고 있다. 우리의 조
상은 나무에서 내려와 유랑 생활을 했다. 이처럼 환경에 적응하
지 않았다면 인간은 멸종했을 것이다. 유목민들은 별자리를 보고
먹을 수 있는 식물이나 사냥감을 찾아 떠돌았다. 이들에게 별은
길을 비춰주는 신의 은총이었다. 별을 보며 자아가 우주 안에 있
다는 경험을 했다. 시적 화자가 산사에서 바라본 별은 자아가 우
주의 품에 싸여 있다는 아늑함을 느끼기에 충분하다. 화자는 우

주에 대한 인식을 "송광암 해우소 지붕은 별지붕/극락전 지붕도 별, 니우선원 지붕도 별"처럼 점점 확장해간다. 그리고 근대 이후 잃은 것들을 떠올리면서 우리가 우주의 일원으로 환원될 수 있는 가능성을 찾는다. 인간도 살아 있는 우주의 일부이기 때문에 "당신이 앉았다 간 돌의자, 감꽃 같은/별빛 수북이 쌓여 있다"는 시적 발견은 설득력을 얻는다. 산사에서의 체험은 새로운 주체인 이성에 휘둘리지 않기 위한 계기를 마련해준다.

> 청운당 뒤란
> 노랑 민들레꽃 위에
> 호리꽃등에 한 마리
> 앉는다
>
> 맛나게도 빤다
> 행복하게도 준다
>
> 오직
> 그저
>
> 교외별전 보시이다
> 온 세상의 문자들
> 잠시 몸 비운다
>
> —「꽃과 등에」 전문

자연은 자신의 일부인 생명체에게 함께 가라고 한다. 자연 안의 모든 존재는 친밀한 동질자이기 때문이다. 시적 화자는 스스로 운동하는 자연의 한때를 경험한다. 소중한 시간은 아름답게 이곳의 시간을 묶어놓는다. 동시적인 상호 의존 관계로 "노랑 민들레꽃 위에/호리꽃등에 한 마리" 앉는 것을 본다. 자연 안에서 생명을 얻은 이들이 싸움하려는 것이 아니다. 이들은 이기적이지만 동시에 이타적이다. 자신을 위해서 둘은 만났지만, 결과적으로 둘 모두에게 이익이 돌아가기 때문이다. 꽃이 곤충을 유혹했는지 아니면, 곤충이 꽃을 유혹하러 갔는지 모르는 상황에서 둘은 일체가 된다. 이러한 본능으로부터 일어나는 감각은 "맛나게도 빤다/행복하게도 준다"는 진술에서 성적 상상을 불러일으킨다. 가슴이 뜨거워지는 순간이다. 시적 화자는 자신의 힘으로 이타적 조화와 균형을 이루는 자연의 한순간을 놓치지 않는다. 감각이 예민해지는 이 순간 "온 세상의 문자들"이 모든 현상을 지운다. 성스러운 의식에 세상이 고요하다.

현실은 사회계약자들이 주장한 것처럼 자연 상태에 놓여 끊임없이 전투를 일삼는 곳이다. 하지만, 생태계에 존재하는 자연 상태는 이타적인 요소가 강하다. 서로 공존하며 조화롭게 살아간다. 꽃은 곤충을 유혹하고 곤충은 꽃에 유혹당한다. 식물의 번식 욕구는 누구에게도 해를 끼치지 않는다. 번식하기 위해 타자와 조화를 이룬다.

4. 을(乙)의 방어기제

삶은 상처를 동반한다. 자본주의 시스템은 경쟁 관계이므로 대립과 갈등은 필연적이다. 갑에 해당하는 주체들은 타자에게 더 많은 상처를 준다. 사회적 약자들은 이러한 현상을 지각하고 정리하는 과정이 혼란스럽다. 직접적이며 개별적으로 오는 상처를 그대로 수용하는 과정은 언제나 괴롭기 때문이다. 현실은 자신이 서 있는 장소를 잔인하게 인식하게 만든다. 이처럼 자본주의가 촉발한 사회적 계급은 자신을 스스로 위축되게 한다. 이럴 때 우리는 카를 구스타프 융이 말한 페르소나를 써야 한다. 가면을 쓰며 내부적 자아는 울고 몸부림친다. 하지만, 외부적 자아는 가면 때문에 자신이 처한 사회적 역할을 충실히 하려 애쓴다. 페르소나를 쓰고 지금 벌어지고 있는 현상을 괴롭게 받아들인다. 우리는 모두 가면을 쓰고 사회적 요구에 적응한다. 페르소나를 쓰고 거리를 걷다가 보면 '나'처럼 가면을 쓴 무수한 타자를 만난다. 가면을 쓴 우리는 서로의 열등함을 알아보고 위안을 받는다.

　김민휴의 시적 화자는 어찌할 수 없는 집단생활의 행동규범을 잘 이해하고 있다. 그래서 페르소나 속에 감춘 자아를 꺼내지 않는다. 순수한 자아의 분노는 사회적 역할을 하는 데 걸림돌이 되기 때문이다. 현상에 대한 치열한 응시와 자각은 내면세계의 자아를 은밀히 숨긴다. 자신과의 소통 과정에서 타협점을 찾으며 선을 넘지 않으려 노력한다.

　　당신의 총구에서 나오는 공기탄에서는
　　타액이 튕기어 내 기분에 더럽게 들러붙지요
　　당신은 늘 내 소심함을 탓하며
　　너 잘되라고 그런 거야 난 뒤끝은 없어
　　말하며, 다음 날 하나도 기억하지 못하지요

다 잊어버렸다고, 다 잊어버리라고 호기를 부리지요

…(중략)…

그래요 하지만 내가 소심하니까
비록 터벅터벅 걸어 늦은 귀가를 하다가
집 앞 가로등 밑에서 들릴락 말락 하는 소리로
씹할 놈, 좆같은 새끼
욕 한 번 뱉어내고 집에 들어와 쓰러지곤 하지만
나는 당신께 상처 주지 않잖아요
나는 뒤끝 있어요 절대 소심한 게 부끄럽지 않아요
　　　　　　　　　—「을(乙)의 소심함에 대한 옹호」 부분

　화자는 을이 되어 갑인 직장 상사의 욕설을 견디고 있다. 을인 화자에게 쏟아지는 폭언은 내면의 자아를 분노하게 만든다. 하지만 외적 자아는 내적 자아와 소통 끝에 이 상황을 견딘다. 이로써 자신을 비존재 또는 투명 인간으로 만드는 데 성공한다. 갑은 폭군처럼 군림하며 "너 잘되라고 그런 거야 난 뒤끝은 없어"라며 화자를 무력하게 만든다. 가면 안쪽에서 일어나는 분노는 내부를 균열시키고 있지만, 오직 몰락하지 않기 위해 역할에 충실한다. 화자의 외면적 자아가 내면적 자아를 응시한다. 이럴 때는 '어떻게 하지'라고 묻는다. 한없이 위축된 가면 안의 순수 자아는 "그래요 하지만 내가 소심하니까" 어쩔 수 없이 자신을 다독인다. 화자가 자신과 타협하는 지점이 측은하다. 견디다가 도저히 힘들어 안 되겠는지 "씹할 놈, 좆같은 새끼"로 곤혹스러운 상황을 비켜 간다. 수없이 자기 자신과 타협하면서 가면을 단단히 고쳐 쓴다. 사회 시스템 밖으로 밀려나지 않기 위한 안간힘이다.

김민휴 시인의 시집『을(乙)의 소심함에 대한 옹호』는 현상에 대한 치열한 의식 작용이다. 그리고 필연적으로 타협할 수밖에 없는 현재에 대한 끊임없는 질문이다. 현상을 응시하는 주체들은 자신의 질문에 스스로 답한다. 이토록 낯선 질문은 기표가 되어 허공에 떠돈다. 그렇게 떠돌던 기표는 기의와 섞인다. 그러므로 김민휴의 시적 자아는 현상을 응시함으로써 확장된 인식을 얻는다.

高光植 | 시인, 문학평론가

푸른사상 시선 120

을(乙)의 소심함에 대한 옹호